The Chick That Wouldn't Hatch

El pollito que no quería salir del huevo

Illustrated by / Ilustrado por

Claire Daniel   Lisa Campbell Ernst

Green Light Readers/Colección Luz Verde

🐦 sandpiper

Houghton Mifflin Harcourt

Boston   New York

There were six
eggs in Hen's nest.
Chip! Chip! Chip! Chip! Chip!
Out popped five chicks.

Gallina tenía seis huevos en su nido.
¡Pío! ¡Pío! ¡Pío! ¡Pío! ¡Pío!
Cinco pollitos salieron de los huevos.

"My family!" cried Hen.
One egg didn't hatch.
It rolled out of the nest.

—¡Mi familia! —dijo contenta Gallina.
Pero uno de los pollitos no quería salir.
El huevo rodó fuera del nido.

"Stop that egg!" Hen called.
The egg kept going.

—¡Paren a ese huevo! —gritó Gallina.
El huevo siguió rodando.

It rolled over and over, past the pigpen.
"Stop that egg!" Hen called.

Pasó rodando y rodando junto
al corral del cerdo.
—¡Paren a ese huevo! —gritó Gallina.

Pig couldn't catch it,
so he ran, too.
The egg kept going.

Cerdo no pudo agarrarlo,
y él también empezó a correr.
El huevo siguió rodando.

It rolled over and
over, past the pond.
"Stop that egg!"
called Hen and Pig.

Pasó rodando y rodando junto al lago.
—¡Paren a ese huevo! —gritaron
Gallina y Cerdo.

Duck couldn't catch it,
so she ran, too.
The egg kept going.

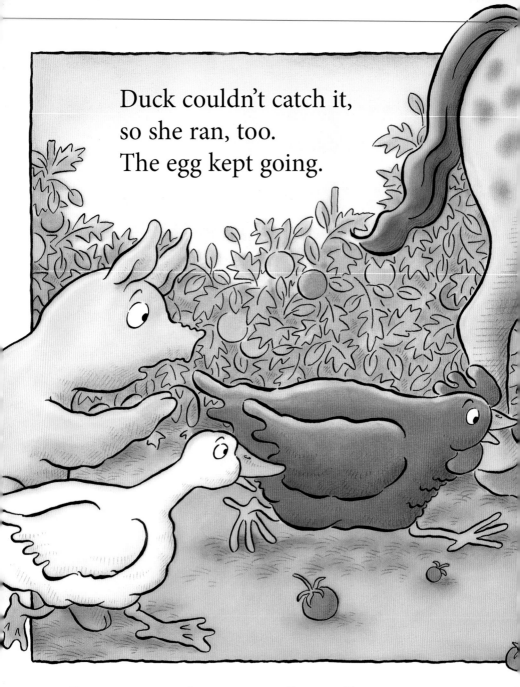

Pato no pudo agarrarlo, y él
también empezó a correr.
El huevo siguió rodando.

t rolled over again and again,
past the tomato patch.
"Stop that egg!" called Hen and Pig and Duck.

Pasó rodando junto a las plantas de tomates.
—¡Paren a ese huevo! —gritaron Gallina,
Cerdo y Pato.

Horse couldn't catch it, so he ran, too.
The egg skipped over a ditch.

Caballo no pudo agarrarlo, y él también
empezó a correr. El huevo saltó sobre
una zanja.

"Stop! Stop!" cried Hen.
The egg hopped over a fox.

—¡Párenlo!, ¡párenlo! —gritó Gallina.
El huevo saltó sobre un zorro.

The egg rolled into the shed and hit the wall. *CRACK!* The chick that wouldn't hatch had hatched!

El huevo rodó hasta el granero y chocó contra la pared. *¡CRACK!* ¡Y el pollito que no quería salir del huevo, salió!

"My baby!" Hen cried.
"Mom!" said the chick.
"What a ride I had!"
"Yes," said Hen, "and what
a run we had!"

—¡Mi pollito! —gritó Gallina.
—¡Mamá! —dijo el pollito—. ¡Qué paseo di!
—Sí, —dijo Gallina—¡y qué carrera corrimos!

Hatching an Egg

You can make the chick that wouldn't hatch.

WHAT YOU'LL NEED

- paper
- crayons or markers
- scissors
- tape

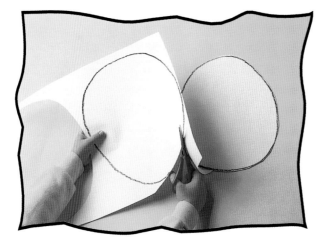

1. Cut out two egg shapes.

2. Draw a chick on one egg.

3. Cut the other egg in half.

4. Tape one half at the top
and the other half at
the bottom.

Use your hatching egg to
tell a friend about

the chick that wouldn't hatch!

Rompiendo el cascarón

Tú puedes hacer al pollito que no quería salir del huevo.

LO QUE NECESITARÁS

- papel
- crayolas o marcadores
- tijeras
- cinta de pegar

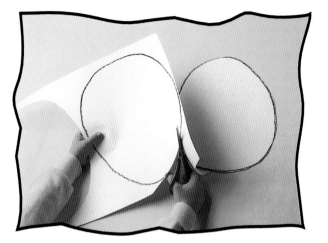

1. Recorta dos huevos de papel.

2. Dibuja un pollito
en uno de los huevos.

3. Corta el otro huevo
por la mitad.

4. Pega una mitad arriba
y otra abajo.

Usa el huevo para hablar con
un amigo o una amiga sobre

el pollito que no quería
salir del huevo.

Meet the Illustrator
Te presentamos al ilustrador

When Lisa Campbell Ernst was drawing
the pictures for *The Chick That Wouldn't
Hatch,* she took her daughter to the zoo. Her
daughter loved a horse she saw there named
Lance. So Lisa Campbell Ernst painted the
horse in this book to look just like Lance.
She hopes that you draw the things you see
around you, too!

Lisa Campbell Ernst

Cuando Lisa Campbell Ernst estaba creando
los dibujos para *El pollito que no quería salir
del huevo,* fue al zoológico con su hija. A su hija le encantó un caballo
que vio allí, llamado Lance. Así que Lisa Campbell Ernst dibujó al
caballo de este libro exactamente igual a Lance. ¡Ella espera que tú
también dibujes las cosas que ves tu alrededor!

Know the Translators
Conoce a las traductoras

F. Isabel Campoy and Alma Flor Ada are the authors of many books
for children. They also love to translate them!

F. Isabel Campoy y Alma Flor Ada son autoras de muchos libros para
niños. También les encanta traducirlos.

www.sandpiperbooks.com

First Green Light Readers/Colección Luz Verde edition 2009

SANDPIPER and the SANDPIPER logo are trademarks of
Houghton Mifflin Harcourt Publishing Company.

Green Light Readers and its logo are trademarks of Houghton Mifflin Harcourt Publishing Company,
registered in the United States of America and/or other jurisdictions.

Library of Congress Cataloging-in-Publication Data
Daniel, Claire.
[Chick that wouldn't hatch. Spanish & English]
The chick that wouldn't hatch/Claire Daniel; illustrated by Lisa Campbell Ernst = El pollito
que no quería salir del huevo/Claire Daniel; ilustrado por Lisa Campbell Ernst.
p. cm.
Green light readers=Colección Luz verde
Summary: Before she hatches from her egg, a baby chick takes quite a trip
around the farm—with her mother and other animals in pursuit.
[1. Eggs—Fiction. 2. Chickens—Fiction. 3. Animals—Fiction. 4. Spanish language materials—
Bilingual.] I. Ernst, Lisa Campbell, ill. II. Title. III. Title: Pollito que no quería salir del huevo.
IV. Title: Chick that would not hatch.
PZ73.D363 2009
[E]—dc22   2008016800
ISBN 978-0-15-206440-2
ISBN 978-0-15-206446-4 (pb)
Manufactured in China

SCP   10 9 8
4500543481

Ages 5-7
Grade: 1
Guided Reading Level: F-G
Reading Recovery Level: 13-14

Green Light Readers
For the reader who's ready to GO!

Five Tips to Help Your Child Become a Great Reader

1. Get involved. Reading aloud to and with your child is just as important as encouraging your child to read independently.

2. Be curious. Ask questions about what your child is reading.

3. Make reading fun. Allow your child to pick books on subjects that interest her or him.

4. Words are everywhere—not just in books. Practice reading signs, packages, and cereal boxes with your child.

5. Set a good example. Make sure your child sees YOU reading.

Why Green Light Readers Is the Best Series for Your New Reader

• Created exclusively for beginning readers by some of the biggest and brightest names in children's books

• Reinforces the reading skills your child is learning in school

• Encourages children to read—and finish—books by themselves

• Offers extra enrichment through fun, age-appropriate activities unique to each story

• Incorporates characteristics of the Reading Recovery program used by educators

• Developed with Harcourt School Publishers and credentialed educational consultants

Colección Luz Verde
¡Para los lectores que están listos para AVANZAR!

Cinco sugerencias para ayudar a que su niño se vuelva un gran lector

1. Participe. Leerle en voz alta a su niño, o leer junto con él, es tan importante como animar al niño a leer por sí mismo.

2. Exprese interés. Hágale preguntas al niño sobre lo que está leyendo.

3. Haga que la lectura sea divertida. Permítale al niño elegir libros sobre temas que le interesen.

4. Hay palabras en todas partes no sólo en los libros. Anime a su niño a practicar la lectura leyendo carteles, anuncios e información, como en las cajas de cereales.

5. Dé un buen ejemplo. Asegúrese de que su niño vea que USTED lee.

Por qué esta serie es la mejor para los lectores que comienzan

• Ha sido creada exclusivamente para los niños que empiezan a leer, por algunos de los más brillantes e importantes creadores de libros infantiles.

• Refuerza las habilidades lectoras que su niño está aprendiendo en la escuela.

• Anima a los niños a leer libros de principio a fin, por sí solos.

• Ofrece actividades de enriquecimiento, entretenidas y apropiadas para la edad del lector, creadas para cada cuento.

• Incorpora características del programa Reading Recovery usado por educadores.

• Ha sido desarrollada por la división escolar de Harcourt y por consultores educativos acreditados.

Look for more bilingual Green Light Readers!
Éstos son otros libros de la serie bilingüe Colección Luz Verde

LEVEL/NIVEL 1

Daniel's Pet / Daniel y su mascota
Alma Flor Ada/G. Brian Karas

Sometimes / Algunas veces
Keith Baker

Big Brown Bear / El gran oso pardo
David McPhail

Big Pig and Little Pig / Cerdo y Cerdito
David McPhail

What Day Is It? / ¿Qué día es hoy?
Alex Moran/Daniel Moreton

LEVEL/NIVEL 2

Daniel's Mystery Egg / El misterioso huevo de Daniel
Alma Flor Ada / G. Brian Karas

**Digger Pig and the Turnip/
Marranita Poco Rabo y el nabo**
Caron Lee Cohen / Christopher Denise

**The Chick That Wouldn't Hatch/
El pollito que no quería salir del huevo**
Claire Daniel / Lisa Campbell Ernst

Get That Pest!/¡Agarren a ése!
Erin Douglas / Wong Herbert Yee

Catch Me If You Can! / ¡A que no me alcanzas!
Bernard Most